'DOLIG DIFLAS Y DYN DWEUD DREFN

Lleucu Fflur Lynch
lluniau Gwen Millward

Rhif Llyfr Safonol Rhyngwladol:
978-1-84527-824-3

CYNGOR LLYFRAU CYMRU
Cyhoeddwyd gyda chymorth Cyngor Llyfrau Cymru.

Cyhoeddwyd gan Wasg Carreg Gwalch,
12 Iard yr Orsaf, Llanrwst, Dyffryn Conwy, Cymru LL26 0EH.
Ffôn: 01492 642031
e-bost: llyfrau@carreg-gwalch.cymru
lle ar y we: www.carreg-gwalch.cymru

Argraffwyd a chyhoeddwyd yng Nghymru

I

Greta, Aron, Guto, Steffan a Math

Os oedd un person yn casáu'r 'Dolig…
y **Dyn Dweud Drefn** oedd hwnnw.

Roedd yn gas ganddo bob dim am yr Ŵyl.

Rhoi anrhegion... canu carolau...
heb sôn am addurno'r tŷ!

Roedd y Dyn Dweud Drefn
yn dweud y drefn am bob dim
i’w wneud â’r ’Dolig,
a doedd neb byth eisiau dathlu’r Ŵyl efo fo!

Neb heblaw am y Ci Bach.

Roedd y Ci Bach yn wahanol iawn
i’r Dyn Dweud Drefn.

Roedd wrth ei fodd yn rhoi anrhegion…
canu carolau… ac addurno’r tŷ!

Eleni, roedd y Ci Bach wedi gwneud
rhywbeth arbennig.

Roedd wedi llwyddo i berswadio'r
Dyn Dweud Drefn i roi cynnig ar ddathlu'r 'Dolig
HEB ddweud y drefn am y tro cyntaf erioed.

Roedd y Ci Bach am i'r Dyn Dweud Drefn
gael y Dydd 'Dolig gorau erioed!

Deffrodd y Ci Bach gyda'r wawr
ar fore Dydd 'Dolig. Roedd heddiw'n
mynd i fod yn ddiwrnod gwerth chweil!

Rhedodd y Ci Bach yn syth i lofft
y Dyn Dweud Drefn,
oedd yn chwyrnu'n braf yn ei wely.

Neidiodd y Ci Bach ar ei wely,
a'i ddeffro.

Dyma'r Dyn Dweud Drefn
yn dechrau dweud y drefn
wrth y Ci Bach am ei ddeffro mor gynnar,
ond yna... cofiodd pa ddiwrnod oedd hi.

Dydd 'Dolig!

Doedd dim dweud drefn ar Ddydd 'Dolig!

Roedd y Ci Bach ar bigau'r drain
ac yn edrych ymlaen i rannu
anrhegion efo'r Dyn Dweud Drefn.

Aeth y ddau at y goeden 'Dolig
a gweld dau anrheg bach taclus
yn aros i gael eu hagor.

Rhoddodd y Dyn Dweud Drefn
anrheg i'r Ci Bach yn gyntaf.

Rhwygodd y Ci Bach y papur lapio lliwgar,
cyn gwenu o glust i glust.
Roedd o wedi cael tennyn newydd sbon!

Roedd y Ci Bach yn edrych ymlaen yn fawr iawn
i fynd am dro ar y tennyn newydd!

Yna, rhoddodd y Ci Bach ei anrheg o
i'r Dyn Dweud Drefn.

Rhwygodd y Dyn Dweud Drefn
y papur lapio lliwgar cyn gwenu o glust i glust.
Roedd o wedi cael siwmper 'Dolig newydd, gynnes.

Ceisiodd y Dyn Dweud Drefn wisgo'i siwmper newydd,
gan stwffio'i ben mawr i mewn iddi.

Stryffagliodd a gwneud ei orau glas i'w gwisgo
– ond roedd hi'n rhy fach!

Siwmper i'r Ci Bach oedd hi!
Roedd y Ci Bach wedi prynu anrheg iddo fo ei hun!

Doedd y Dyn Dweud Drefn ddim yn hapus.
Dechreuodd ddweud y drefn, ond yna…
cofiodd pa ddiwrnod oedd hi.

Dydd 'Dolig!

Doedd dim dweud drefn ar Ddydd 'Dolig!

Helpodd y Dyn Dweud Drefn i roi'r
siwmper glyd, gynnes am y Ci Bach.
Dyna smart oedd o!

Yna, estynnodd y Dyn Dweud Drefn anrheg bach arall oedd yn cuddio tu ôl i'r goeden a'i roi i'r Ci Bach.

Roedd cynffon y Ci Bach yn ysgwyd
fel fflamiau wrth iddo agor y parsel bach.
Dyma sypréis!

Pêl! Roedd y Ci Bach wedi cael pêl yn anrheg
gan y Dyn Dweud Drefn!

Roedd y Ci Bach yn ysu am gael chwarae efo'i bêl newydd, felly dyma'r ddau yn hel eu traed ac yn mynd am dro i'r parc cyn cinio.

Roedd y Ci Bach wrth ei fodd
yn chwarae efo'i bêl newydd yn y parc.

Ar ôl taflu'r bêl 'nôl a 'mlaen sawl tro,
dyma'r Dyn Dweud Drefn yn penderfynu
y byddai'n hwyl taflu'r bêl mor bell
ag yr oedd o'n gallu.

Taflodd y bêl yn bell, bell, bell a rhedodd y Ci Bach ar ei hôl nes ei fod wedi mynd o'r golwg!

Aaa! Ochneidiodd y Dyn Dweud Drefn. Llonydd o'r diwedd!

Cyn pen dim, roedd hi'n amser
mynd 'nôl adref am ginio.

Galwodd y Dyn Dweud Drefn ar y Ci Bach.
Ond doedd dim golwg ohono.

Galwodd eto, yn uwch y tro hwn.
Ond doedd dal dim golwg o'r Ci Bach.

Dyna ryfedd, meddyliodd. Roedd y Ci Bach fel arfer yn gwrando'n syth ar y Dyn Dweud Drefn.

Roedd y Dyn Dweud Drefn yn dechrau
teimlo'n flin iawn erbyn hyn.
Dechreuodd ddweud y drefn, ond yna…
cofiodd pa ddiwrnod oedd hi.

Dydd 'Dolig!

Doedd dim dweud drefn ar Ddydd 'Dolig!

Toc, daeth y Ci Bach i'r golwg
gan redeg yn hapus 'nôl at
y Dyn Dweud Drefn.

Rhoddodd y tennyn newydd ar goler
y Ci Bach, a mynd am adref.

Ar ôl cyrraedd 'nôl i'r tŷ, digwyddodd rhywbeth arall rhyfedd.

Fel arfer, byddai'r Ci Bach yn neidio'n syth ar y gadair freichiau ar ôl bod am dro, gan rwbio ei draed mwdlyd ar hyd y clustog glân.

Ond heddiw, dyma'r Ci Bach
yn sychu ei draed budur
yn daclus ar y mat ger y drws.

Dyna braf, meddyliodd y Dyn Dweud Drefn.
Doedd dim rhaid dweud y drefn
wrth y Ci Bach am faeddu'r clustog!

Yna, aeth y Dyn Dweud Drefn i weld
beth oedd hanes y twrci yn y popty.

Roedd bron yn barod!
Ond, doedd y Ci Bach ddim yn cymryd
fawr o sylw o'r holl fwyd yn y gegin.

Roedd hyn yn rhyfedd iawn eto,
meddyliodd y Dyn Dweud Drefn.
Roedd y Ci Bach wedi bod yn edrych ymlaen
at fwyta'r cinio 'Dolig ers blwyddyn gron!

Yn sydyn, clywodd y Dyn Dweud Drefn rywbeth anarferol iawn... cnoc ar y drws!

"Cnoc, cnoc, cnoc!"

O na! meddyliodd y Dyn Dweud Drefn.
Dim carolwyr!
Roedd yn gas gan y Dyn Dweud Drefn
ganu carolau!

Agorodd y Dyn Dweud Drefn y drws,
yn barod i ddweud y drefn wrth y carolwyr,
cyn gweld… y Ddynes Dweud Drefn
oedd yn byw i lawr y ffordd!

Roedd y Dyn Dweud Drefn
mewn penbleth llwyr.
Pam bod y Ddynes Dweud Drefn
wedi dod yma i ganu carolau?

Yn sydyn iawn, sylwodd nad dod yma
i ganu oedd y Ddynes Dweud Drefn,
ond ... i ddweud y drefn!
Tybed pam ei bod hi am ddweud y drefn?

Yn eistedd wrth draed y Ddynes Dweud Drefn
roedd… ci bach, ci bach oedd yr un ffunud
â Chi Bach y Dyn Dweud Drefn!

A dweud y gwir, Ci Bach y Dyn Dweud Drefn
oedd hwn! Roedd y Dyn Dweud Drefn
wedi dod â'r Ci Bach **anghywir** adref o'r parc!

Roedd y Ddynes Dweud Drefn
ar fin dweud y drefn wrth
y Dyn Dweud Drefn
am fynd â'i Chi Bach hi adref efo fo.
Ond yna… cofiodd pa ddiwrnod oedd hi.

Dydd 'Dolig!

Doedd dim dweud drefn ar Ddydd 'Dolig!

Yna, penderfynodd
y Dyn Dweud Drefn
wneud rhywbeth arbennig iawn …
a bod yn **glên**!

Dyma fo'n gwahodd
y Ddynes Dweud Drefn
a'i Chi Bach
i rannu eu cinio 'Dolig.

Daeth gwên lydan i wyneb
y Ddynes Dweud Drefn.
Doedd hi erioed wedi cael gwahoddiad
i ddathlu'r 'Dolig efo neb arall o'r blaen!

Roedd y ddau Gi Bach wedi gwirioni
hefyd, a rhoddodd y ddau
bawen lawen i'w gilydd!

Ar ôl mwynhau llond bol o ginio,
roedd pawb ar ben eu digon.

Am y tro cyntaf erioed,
roedd y Dyn Dweud Drefn wedi cael
Dydd 'Dolig arbennig yng nghwmni'r
Ddynes Dweud Drefn a'r ddau Gi Bach.

Efallai na fyddai'r Dyn Dweud Drefn
mor unig ar Ddydd 'Dolig o hyn ymlaen…

Y Diwedd